Oscar Wilde

PARA CARLOS BLACKER

Título original: *The Happy Prince and Other Tales*

Direção Editorial	*Ethel Santaella*
Tradução	*Débora Ginza*
Revisão	*Luciana Duarte*
Capa e Diagramação	*Marcos Sousa*
Imagens capa	*Montagem com Walter Crane - Commons*
Imagens miolo	*Charles Robinson - Commons*

Dados Internacionais de Catalogação na Publicação (CIP)
(eDOC BRASIL, Belo Horizonte/MG)

W672p

Wilde, Oscar, 1854-1900.
O Príncipe Feliz e Outras Histórias / Oscar Wilde; tradução Débora Ginza. – São Paulo, SP: Lafonte, 2024.
96 p. : il. ; 15,5 x 23 cm

Título original: The Happy Prince and Other Tales
ISBN 978-65-5870-588-8 (Capa A)
ISBN 978-65-5870-589-5 (Capa B)

1. Ficção inglesa. 2. Literatura inglesa – Contos. I. Título.
CDD 823

Elaborado por Maurício Amormino Júnior – CRB6/2422

Editora Lafonte

Av. Profª Ida Kolb, 551, Casa Verde, CEP 02518-000, São Paulo-SP, Brasil — Tel.: (+55) 11 3855-2100
Atendimento ao leitor (+55) 11 3855-2216 / 11 3855-2213 — atendimento@editoralafonte.com.br
Venda de livros avulsos (+55) 11 3855-2216 — vendas@editoralafonte.com.br
Venda de livros no atacado (+55) 11 3855-2275 — atacado@escala.com.br

Oscar Wilde

O Príncipe Feliz

E OUTRAS HISTÓRIAS

O ROUXINOL E A ROSA, O GIGANTE EGOÍSTA,
O AMIGO DEVOTADO, O NOTÁVEL FOGUETE

Tradução
Débora Ginza

Brasil, 2024

Lafonte

Sumário

O PRÍNCIPE FELIZ

O Palácio de Sans-Souci.

Na parte mais elevada da cidade, sobre uma coluna bem alta, ficava a estátua do Príncipe Feliz. Ela era toda dourada coberta por finas folhas de ouro, seus olhos eram duas safiras brilhantes, e um grande rubi vermelho brilhava no punho da espada.

O Príncipe era realmente admirado.

— Ele é tão lindo quanto um cata-vento — observou um dos vereadores que desejava ganhar fama por ter gostos artísticos. — Pena que não seja tão útil — ele acrescentou, temendo que as pessoas não o considerassem realista, o que ele realmente não era.

— Por que você não pode ser como o Príncipe Feliz? — perguntou uma mãe sensata a seu filhinho que estava chorando porque queria a lua. — O Príncipe Feliz nunca pensa em chorar para conseguir alguma coisa.

— Fico muito contente em saber que há alguém no mundo que seja muito feliz — murmurou um homem desiludido enquanto contemplava a estátua maravilhosa.

— Parece um anjo — disseram as crianças de uma instituição de caridade ao saírem da catedral vestindo suas capas escarlates brilhantes e seus aventais brancos e limpos.

— Como vocês sabem que se parece com um anjo? — perguntou o professor de matemática. — Vocês nunca viram um!

— Ora! já vimos um em nossos sonhos — responderam as crianças; e o professor de matemática franziu a testa e ficou bem sério, pois não aceitava o fato de que crianças podiam sonhar.

Certa noite uma pequena Andorinha sobrevoou a cidade. Suas amigas haviam partido para o Egito seis semanas antes, mas ela ficara para trás, pois estava apaixonada pelo mais belo Caniço[1]. Ela o conheceu no início da primavera, quando descia o rio atrás de uma grande mariposa amarela, e sentiu-se tão atraída por sua delicadeza que parou para conversar com ele.

— Quer namorar comigo? — disse a Andorinha, que gostava de ir direto ao ponto, e o Caniço fez-lhe uma

1 Vegetação delgada, fina e comprida que cresce na beira dos lagos.

reverência. Então ela voava em volta dele, tocando a água com suas asas e fazendo ondulações prateadas. Era assim o namoro deles, e durou todo o verão.

— É um amor absurdo — comentavam as outras Andorinhas —, ele não tem dinheiro e tem muitos parentes.

De fato o rio estava lotado de caniços. Então, quando o outono chegou, todas as andorinhas voaram para longe.

Depois que suas amigas se foram, ela se sentiu sozinha e começou a se cansar de seu amado.

— Ele não conversa — disse ela — e receio que seja um sedutor, pois está sempre flertando com o vento.

E realmente, sempre que o vento soprava, o Caniço fazia as mais graciosas reverências.

— Admito que ele é caseiro — continuou ela —, mas adoro viajar, e meu marido, consequentemente, deveria gostar de viajar também.

— Gostaria de vir comigo? — ela finalmente perguntou a ele, mas o Caniço negou balançando a cabeça porque era muito apegado à sua casa.

— Você só estava brincando comigo — disse ela chorando. — Estou partindo para as Pirâmides. Adeus! — e assim ela foi embora voando.

Ela voou o dia inteiro e à noite chegou à cidade.

— Onde vou passar a noite? — ela perguntou a si mesma. — Espero que a cidade tenha feito preparativos para me receber.

Então ela viu a estátua na coluna bem alta.

— Vou me alojar lá em cima — ela exclamou — é um bom lugar, com muito ar fresco.

Então ela se acomodou bem entre os pés do Príncipe Feliz.

— Tenho um quarto dourado — disse baixinho para si mesma enquanto olhava em volta e se preparava para dormir; mas assim que colocou a cabeça sob a asa, uma grande gota de água caiu sobre ela.

— Que coisa curiosa! Não há uma única nuvem no céu, as estrelas estão bem claras e brilhantes, e ainda assim está chovendo. O clima no norte da Europa é realmente terrível. O Caniço costumava gostar da chuva, mas era apenas por puro egoísmo.

Em seguida, outra gota caiu.

— De que serve uma estátua se ela não pode proteger você da chuva? Tenho que procurar uma boa chaminé — e ela decidiu voar dali.

Porém, antes mesmo de abrir suas asas, caiu uma terceira gota e ela olhou para cima e viu... — Ora! O que ela viu?

Os olhos do Príncipe Feliz estavam cheios de lágrimas e elas rolavam por suas bochechas douradas. O rosto dele era tão lindo à luz da lua que a pequena Andorinha ficou cheia de compaixão.

Quem é você? — ela perguntou.

Eu sou o Príncipe Feliz.

A mais adorável das damas de honra da rainha.

Por que está chorando, então? — perguntou a Andorinha — você me deixou toda encharcada.

— Quando eu era vivo e tinha um coração humano — respondeu a estátua — não sabia o que eram lágrimas porque morava no Palácio de Sans-Souci, onde a tristeza não pode entrar. De dia eu brincava com meus amigos no jardim e à noite conduzia a dança no Salão Principal. Ao redor do jardim havia um muro muito alto, mas nunca me preocupei em perguntar o que havia além dele, pois tudo ao meu redor era maravilhoso. Meus cortesãos me chamavam de Príncipe Feliz, e feliz de fato eu era, se prazer significa felicidade. Assim vivi, e assim morri. E agora que estou morto, eles me colocaram aqui tão alto que posso ver toda a feiura e toda a miséria da minha cidade, e embora meu coração seja feito de chumbo, não tenho escolha a não ser chorar.

— Como assim?! Ele não é de ouro maciço? — disse a Andorinha para si mesma. Ela era muito educada para fazer qualquer comentário pessoal em voz alta.

— Bem longe daqui — continuou a estátua em voz baixa e musical — lá distante, numa ruazinha, há uma casa bem pobre. Uma das janelas está aberta, e através dela vejo uma mulher sentada a uma mesa. Seu rosto é magro e fatigado, e ela tem mãos ásperas e vermelhas, todas picadas pela agulha, pois é costureira. Ela está bordando flores de maracujá em um vestido de cetim para a mais linda das damas de honra da rainha usar no próximo baile da corte. Em uma cama no canto do quarto, seu filho está doente. Ele está com febre e está pedindo laranjas.

Sua mãe não tem nada para lhe dar a não ser água do rio, então ele está chorando. Andorinha, Andorinha, pequena Andorinha, você não quer levar para ela o rubi do punho da minha espada? Meus pés estão presos a este pedestal e não posso me mover.

— Estão me esperando no Egito — disse a Andorinha. — Meus amigos estão voando acima e abaixo do Nilo e conversando com as grandes flores de lótus. Em breve irão dormir no túmulo do grande Rei que está lá em seu caixão pintado. Ele está envolto em linho amarelo e embalsamado com especiarias e em volta de seu pescoço há uma corrente de jade verde-claro, e suas mãos são como folhas secas.

— Andorinha, Andorinha, pequena Andorinha — disse o Príncipe — você não gostaria de me fazer companhia esta noite e ser minha mensageira? O menino está com tanta sede e a mãe dele está tão triste.

— Acho que não gosto muito de meninos — respondeu a Andorinha. — No último verão, quando eu estava no rio, havia dois meninos mal-educados, os filhos do moleiro[2], que estavam sempre atirando pedras em mim. É claro que eles nunca me acertaram porque nós, andorinhas, voamos muito bem e, além do mais, venho de uma família famosa por sua agilidade; mas, ainda assim, foi um gesto de desrespeito.

Mas o Príncipe Feliz parecia tão triste que a pequena Andorinha ficou desolada.

---

2 Moleiro: indivíduo que trabalho no moinho.

— Está muito frio aqui — ela disse — mas vou ficar com você essa noite e ser sua mensageira.

Muito obrigado, pequena Andorinha — respondeu o Príncipe.

Então a Andorinha pegou o grande rubi da espada do Príncipe e voou com ele em seu bico sobre os telhados da cidade.

Ela passou pela torre da catedral, onde os anjos de mármore branco estavam esculpidos. Também passou pelo palácio e ouviu o som da dança. Uma linda moça saiu à varanda com seu amado.

— Como as estrelas são maravilhosas! — ele disse a ela — e quão maravilhoso é o poder do amor!

— Espero que meu vestido fique pronto a tempo para o baile da corte — disse ela.

— Eu pedi que as costureiras bordassem passifloras nele, mas elas são tão preguiçosas.

A Andorinha atravessou o rio e viu as lanternas penduradas nos mastros dos navios. Ela passou pelo gueto e viu os velhos judeus barganhando uns com os outros e pesando dinheiro em balanças de cobre. Por fim, chegou à pobre casa e olhou para dentro. O menino estava se revirando com febre na cama, e a mãe tinha adormecido, pois estava exausta. Ela entrou e colocou o grande rubi ao lado do dedal da costureira. Então, ela voou suavemente ao redor da cama, abanando a testa do menino com suas asas.

— Como me sinto bem — disse o menino —, devo estar melhorando — e caiu em um sono delicioso.

Então a Andorinha voou de volta para o Príncipe Feliz e contou-lhe o que havia feito.

— É curioso — observou ela —, mas me sinto bastante quente agora, embora esteja tão frio.

— Isso é porque você praticou uma boa ação — disse o Príncipe.

E a pequena Andorinha começou a pensar e adormeceu. Pensar sempre a fazia adormecer.

Quando amanheceu, ela voou até o rio e tomou um banho.

— Que fenômeno notável — disse o professor de ornitologia ao passar pela ponte. — Uma andorinha no inverno! — E ele escreveu uma longa carta a respeito disso para o jornal local. Todos comentavam sobre a carta porque estava recheada de palavras que eles não conseguiam entender.

— Esta noite voarei para o Egito — disse a Andorinha que estava toda animada com seus planos. Ela visitou todos os monumentos públicos e ficou muito tempo sentada no topo da torre da igreja. Aonde quer que ela fosse, os pardais cantavam e diziam uns aos outros: — Que estrangeira distinta! — então ela se divertiu muito.

Quando a lua surgiu, ela voou de volta para o Príncipe Feliz.

— Tem alguma encomenda para mandar ao Egito? — ela perguntou. — Estou partindo.

— Andorinha, pequena Andorinha — disse o Príncipe — você não quer ficar comigo mais uma noite?

— Estão me esperando no Egito — respondeu a Andorinha. — Amanhã meus amigos voarão até a Segunda Catarata. O hipopótamo repousa ali entre os juncos, e o deus Mêmnon fica sentado em um lindo trono de granito. Durante toda a noite ele observa as estrelas, e quando a estrela da manhã brilha, ele solta um grito de alegria, e então fica em silêncio. Ao meio-dia os leões de pelo amarelado descem até a beira da água para saciar sua sede. Eles têm olhos como berilos verdes, e seu rugido é mais alto que o estrondo da catarata.

— Andorinha, Andorinha, pequena Andorinha — disse o Príncipe — bem longe daqui, do outro lado da cidade, vejo um jovem em um sótão. Ele está debruçado sobre uma mesa coberta de papéis, e em um copo ao seu lado há um ramo de violetas murchas. Seu cabelo é castanho e crespo, seus lábios são vermelhos como uma romã e ele tem olhos grandes e sonhadores. Está tentando terminar uma peça para o Diretor do Teatro, mas está com tanto frio que não consegue escrever mais. Não há fogo na lareira, e a fome o deixou muito enfraquecido.

— Vou ficar com você mais uma noite — disse a Andorinha, que realmente tinha um bom coração. — Devo levar outro rubi para ele?

— Infelizmente não tenho outro rubi — disse o Príncipe.

O rei das montanhas da lua.

— Meus olhos são tudo o que me resta. Eles são feitos de safiras raras, que foram trazidas da Índia há mil anos. Arranque uma delas e leve. Ele a venderá ao joalheiro, comprará comida e lenha e terminará sua peça.

— Querido Príncipe — disse a Andorinha —, não posso fazer isso — e começou a chorar.

— Andorinha, Andorinha, pequena Andorinha — disse o Príncipe —, faça o que estou lhe pedindo.

— Então a Andorinha arrancou o olho do Príncipe e voou até o sótão do estudante. Foi fácil entrar, pois havia um buraco no teto. Ela passou em disparada através dele e entrou no quarto. O jovem tinha a cabeça mergulhada entre as mãos e nem ouviu o bater das asas do pássaro e, quando ergueu os olhos, encontrou a bela safira sobre as violetas murchas.

— Estou começando a ser apreciado — ele exclamou — esta ajuda deve vir de algum grande admirador. Agora posso terminar minha peça — e ele parecia muito feliz.

No dia seguinte, a Andorinha voou para o porto. Sentou-se no mastro de um grande navio e ficou observando os marinheiros retirando grandes baús para fora do porão com a ajuda de cordas.

— Puxem! — eles gritavam à medida que cada baú ia subindo.

— Vou para o Egito! — gritou a Andorinha, mas ninguém se importou, e quando a lua nasceu, ela voou de volta até o Príncipe Feliz.

— Vim para lhe dizer adeus — ela gritou.

— Andorinha, Andorinha, pequena Andorinha — disse o Príncipe — você não quer ficar mais uma noite comigo?

— Estamos no inverno — respondeu a Andorinha — e a neve fria logo estará aqui. No Egito, o sol está quente sobre as palmeiras verdes, e os crocodilos se deitam na lama e olham preguiçosamente em volta. Minhas companheiras estão construindo um ninho no Templo de Baalbek, e as pombas cor-de-rosa e brancas as observam e arrulham umas para as outras. Querido Príncipe, devo deixá-lo, mas nunca o esquecerei e, na próxima primavera, trarei de volta duas belas joias para colocar no lugar daquelas que você deu. O rubi será mais vermelho que uma rosa vermelha, e a safira será tão azul quanto o grande mar.

— Lá embaixo na praça — disse o Príncipe Feliz — está uma garotinha que vende fósforos. Ela deixou seus fósforos caírem na sarjeta e todos eles se estragaram. O pai dela vai lhe dar uma surra se não trouxer algum dinheiro para casa, e ela está chorando. Ela não tem sapatos nem meias, e sua cabecinha está descoberta. Arranque meu outro olho e dê a ela, assim seu pai não lhe baterá.

— Vou ficar com você mais uma noite — disse a Andorinha —, mas não posso arrancar seu olho porque você ficaria cego.

— Andorinha, Andorinha, pequena Andorinha — disse o Príncipe — faça o que estou lhe pedindo.

Então ela arrancou o outro olho do príncipe e saiu em

disparada. Passou pela garotinha vendedora de fósforos e deslizou a joia na palma da mão dela.

— Que lindo pedaço de vidro — exclamou a garotinha e correu para casa, sorrindo.

Então a Andorinha voltou para o Príncipe e disse: — Você está cego agora, então ficarei com você para sempre.

— Não, pequena Andorinha — disse o pobre Príncipe — você deve partir para o Egito.

— Ficarei com você para sempre — disse a Andorinha, e dormiu aos pés do príncipe.

Durante todo o dia seguinte, sentou-se no ombro do Príncipe e contou-lhe histórias do que tinha visto em terras estranhas. Contou-lhe sobre os íbis vermelhos, que ficam alinhados nas margens do Nilo e pescam peixes dourados em seus bicos; da Esfinge, que é tão velha quanto o próprio mundo e que vive no deserto e sabe tudo; dos mercadores, que caminham lentamente ao lado de seus camelos e levam rosários de âmbar nas mãos; do Rei das Montanhas da Lua, que é negro como o ébano e adorador de um grande cristal; da grande serpente verde que dorme em uma palmeira e tem vinte sacerdotes para alimentá-la com bolos de mel; e dos pigmeus que navegam sobre um grande lago em grandes folhas planas e estão sempre em guerra com as borboletas.

— Minha querida pequena Andorinha — disse o Príncipe —, você me fala de coisas maravilhosas, porém mais maravilhoso do que tudo é o sofrimento dos homens e das mulheres. Não há Mistério maior do que a Miséria.

Os ricos se divertindo em suas belas casas enquanto os mendigos estavam sentados nos portões.

Voe sobre minha cidade, pequena Andorinha, e me diga o que você vê lá.

Então a Andorinha sobrevoou a grande cidade e viu os ricos se divertindo em suas belas casas, enquanto os mendigos estavam sentados nos portões. Ela voou por vielas bem estreitas e viu os rostos brancos de crianças famintas olhando apáticas para as ruas escuras. Sob o arco de uma ponte, dois garotinhos estavam deitados nos braços um do outro para tentar se manter aquecidos.

— Estamos com muita fome! — eles disseram.

— Vocês não podem ficar deitados aqui — gritou o vigia, e eles saíram andando na chuva.

Então ela voou de volta e contou ao Príncipe o que tinha visto.

— Estou coberto de ouro fino — disse o Príncipe — você deve tirá-lo, folha por folha, e dá-lo aos meus pobres; os vivos sempre pensam que o ouro pode fazê-los felizes.

Folha após folha do ouro fino a Andorinha foi retirando, até que o Príncipe Feliz ficou bastante opaco e cinzento. Folha após folha do ouro fino ela levava para os pobres, e os rostos das crianças ficavam mais rosados, e elas riam e brincavam na rua gritando:

— Agora temos pão!

Então veio a neve, e depois da neve veio o gelo. As ruas pareciam feitas de prata, de tão brilhantes e reluzentes; longos pingentes de gelo como punhais de cristal pendiam dos beirais das casas, todos usavam casacos de peles, e os meninos usavam bonés escarlates e patinavam no gelo.

A pobre Andorinha foi ficando cada vez mais fria, mas não queria deixar o Príncipe, pois o amava demais. Ela pegava as migalhas do lado de fora da porta do padeiro quando ele não estava olhando e tentava se manter aquecida batendo as asas.

Mas, por fim, sentiu que ia morrer. Só teve forças para voar até o ombro do Príncipe mais uma vez e murmurar:

— Adeus, querido Príncipe! Posso beijar sua mão?

— Estou feliz por você finalmente ir para o Egito, pequena Andorinha — disse o Príncipe — você ficou muito tempo aqui, pode beijar meus lábios, porque eu te amo.

— Não é para o Egito que vou — disse a Andorinha. — Estou indo para a Casa da Morte. A morte é irmã do Sono, não é?

Em seguida ela beijou o Príncipe Feliz nos lábios e caiu morta a seus pés.

Nesse momento, um curioso estalo soou dentro da estátua, como se algo tivesse se quebrado. O fato é que o coração de chumbo havia se partido em dois. Com certeza o frio era tremendo.

Na manhã seguinte, o prefeito estava caminhando na praça em companhia dos conselheiros da cidade. Ao passarem pela coluna, ele olhou para a estátua e disse:

— Meu Deus! como o Príncipe Feliz está surrado!

— Surrado mesmo! — responderam os conselheiros, que sempre concordavam com o prefeito e começaram a reparar na estátua.

— O rubi caiu de sua espada, seus olhos sumiram e ele não é mais dourado — disse o prefeito — na verdade ele está pouca coisa melhor que um mendigo!

Pouca coisa melhor que um mendigo — repetiram os Conselheiros da Cidade.

— E aqui temos um pássaro morto a seus pés! — continuou o prefeito. — Devemos realmente fazer uma proclamação para que os pássaros não tenham permissão de morrer aqui.

E o secretário municipal anotou a sugestão.

Então eles derrubaram a estátua do Príncipe Feliz.

— Como a estátua não tem mais beleza, também não é mais útil — disse o Professor de Artes da Universidade.

Em seguida, derreteram a estátua em uma fornalha, e o Prefeito realizou uma reunião da Corporação para decidir o que deveria ser feito com o metal.

— Devemos fazer outra estátua, é claro — disse ele — e será uma estátua minha.

— Não, será minha — disse cada um dos Conselheiros, e eles começaram a brigar.

A última vez que ouvi falar deles, ainda estavam brigando.

— Que coisa estranha! — disse o supervisor dos operários da fundição.

— Este coração de chumbo partido não derrete na fornalha. Devemos jogá-lo fora.

Então eles o jogaram em um monte de lixo onde a Andorinha morta também havia sido colocada.

— Traga-me as duas coisas mais preciosas da cidade — disse Deus a um de seus Anjos. E o Anjo trouxe o coração de chumbo e o pássaro morto.

— Você escolheu muito bem — disse Deus — porque no meu jardim do Paraíso este passarinho cantará para sempre, e na minha cidade de ouro o Príncipe Feliz me louvará eternamente.

O ROUXINOL E A ROSA

Ela passará por mim.

— Ela disse que dançaria comigo se eu lhe trouxesse rosas vermelhas — disse o jovem estudante —, mas em todo meu jardim não há uma única rosa vermelha.

De seu ninho, no velho carvalho, o rouxinol estava ouvindo o Estudante, olhou por entre as folhas e ficou pensativo.

— Nenhuma rosa vermelha em todo o meu jardim! — o jovem exclamou e seus lindos olhos se encheram de lágrimas. — Ah, como nossa felicidade depende de coisas tão pequenas! Já li tudo o que os sábios escreveram, conheço todos os segredos da filosofia, mas por falta de uma rosa vermelha estou me sentindo um miserável.

— Finalmente temos aqui alguém que ama de verdade — disse o Rouxinol. — Noite após noite eu canto sobre ele, embora não o conheça; noite após noite conto sua história às estrelas e agora eu o vejo. Seu cabelo é escuro como a flor do jacinto, e seus lábios são vermelhos como a rosa de seu desejo, mas a paixão deixou seu rosto pálido como marfim e a tristeza deixou uma marca em sua testa.

— O Príncipe dará um baile amanhã à noite — murmurou o jovem Estudante — e minha amada foi convidada. Se eu lhe trouxer uma rosa vermelha, ela dançará comigo até o amanhecer. Se eu lhe trouxer uma rosa vermelha, eu a terei em meus braços e ela apoiará sua cabeça em meu ombro, e sua mão ficará apertada na minha. Mas não há nenhuma rosa vermelha no meu jardim, então terei que me sentar sozinho, e ela passará por mim sem nem mesmo me notar e meu coração ficará em pedaços.

— De fato o que ele sente é o amor verdadeiro — disse o Rouxinol. — O que eu canto, ele sofre... o que é alegria para mim, para ele é dor. Com certeza o amor é uma coisa maravilhosa. É mais precioso do que as esmeraldas e mais caro do que as finas opalas. Pérolas e romãs não podem comprá-lo, nem é vendido no mercado. Não pode ser adquirido dos comerciantes, nem pesado na balança em troca de ouro.

— Os músicos da orquestra — disse o jovem Estudante — tocarão seus instrumentos de cordas, e minha amada dançará ao som da harpa e do violino. Ela dançará tão levemente que seus pés quase nem tocarão o chão, e os cortesãos usando trajes alegres irão se aglomerar ao redor dela. Mas comigo ela não vai dançar, pois não tenho rosa vermelha para lhe dar — então ele se jogou na grama, enterrou o rosto nas mãos e chorou.

— Por que ele está chorando? — perguntou um pequeno Lagarto Verde, enquanto passava correndo por ele com a cauda balançando no ar.

— Sim, por que ele chora? — disse uma Borboleta, que esvoaçava ao redor de um raio de sol.

— Sim, por quê? — sussurrou uma Margarida para sua vizinha, em voz baixa e suave.

— Ele está chorando por uma rosa vermelha — respondeu o Rouxinol.

— Por uma rosa vermelha? — exclamaram todos juntos — que ridículo! — e o pequeno Lagarto, que era meio cínico, caiu na gargalhada.

Mas o Rouxinol compreendia o segredo da dor do Estudante e ficou em silêncio sentado no velho carvalho, pensando no mistério do Amor.

De repente, ele abriu suas asas pardas e elevou-se no ar. Passou pela floresta como uma sombra, e como uma sombra voou até o jardim. No centro do gramado havia uma linda Roseira, e quando ele a viu, foi até ela e pousou em um de seus galhos.

— Dê-me uma rosa vermelha — ele pediu — e cantarei para você a minha canção mais suave.

Mas a Roseira balançou a cabeça dizendo que não.

— Minhas rosas são brancas — respondeu — brancas como a espuma do mar e mais brancas que a neve da montanha. Mas vá até minha irmã que cresce ao redor do velho relógio de sol, e talvez ela lhe dê o que você quer.

Então, o Rouxinol voou até a roseira que crescia ao redor do velho relógio de sol.

— Dê-me uma rosa vermelha — ele pediu — e cantarei para você a minha canção mais suave.

Mas a Roseira balançou a cabeça dizendo que não.

— Minhas rosas são amarelas — a roseira respondeu — tão amarelas como o cabelo da sereia que se senta em um trono de âmbar, e mais amarelas do que o narciso que floresce no campo antes que o cortador de grama chegue com sua foice. Mas vá até minha irmã que cresce sob a janela do Estudante, e talvez ela lhe dê o que você quer.

Então o Rouxinol voou até a roseira que ficava sob a janela do Estudante.

— Dê-me uma rosa vermelha — ele pediu — e cantarei para você a minha canção mais suave.

Mas a Roseira balançou a cabeça dizendo que não.

— Minhas rosas são vermelhas — ela disse — tão vermelhas quanto os pés da pomba e mais vermelhas do que os grandes leques de coral que ficam balançando nas cavernas do oceano. Mas o inverno congelou minhas veias, a geada queimou meus botões e a tempestade quebrou meus galhos, e não darei rosas este ano.

— Tudo o que eu quero é uma rosa vermelha — exclamou o Rouxinol — só uma rosa vermelha! Não há nenhuma maneira de consegui-la?

— Há uma maneira — respondeu a Roseira — mas é tão terrível que não ouso lhe dizer.

— Conte-me, por favor — implorou o Rouxinol — eu não tenho medo.

— Se você quer a rosa vermelha — disse a Roseira — você precisará criá-la cantando sua música ao luar e terá que tingi-la com o sangue do seu coração. Você terá que cantar para mim com seu peito cravado em um espinho. A noite toda você cantará para mim, o espinho deve perfurar seu coração e seu sangue fluirá em minhas veias e se tornará meu.

— A morte é um grande preço a ser pago por uma rosa vermelha — exclamou o Rouxinol — e a Vida é muito preciosa para todos. É maravilhoso sentar-se na floresta verde e observar o Sol em sua carruagem de ouro e a Lua em sua carruagem de pérolas. Doce é o perfume do espinheiro, belas são as campanulas que se escondem no vale e as urzes que florescem na colina. No entanto, o amor é melhor do que a vida, e o que é o coração de um pássaro comparado ao coração de um homem?

Então ele abriu suas asas pardas e saiu voando. Percorreu o jardim como uma sombra, e como uma sombra atravessou o bosque.

O jovem Estudante ainda estava deitado na grama,

onde o Rouxinol o havia deixado, e as lágrimas ainda não haviam secado em seus lindos olhos.

— Alegre-se — gritou o Rouxinol — alegre-se, você terá sua rosa vermelha. Vou criá-la com meu canto ao luar e tingi-la com o sangue do meu coração. Tudo o que lhe peço em troca é que você ame de verdade, pois o Amor é mais sábio que a Filosofia, embora ela seja muito sábia, e mais forte que o Poder, embora ele seja muito poderoso. Suas asas e seu corpo têm a cor do fogo, seus lábios são doces como mel e seu hálito é como incenso.

O Estudante ergueu os olhos da grama e escutou, mas não conseguia entender o que o Rouxinol lhe dizia, pois só conhecia as coisas que estão escritas nos livros.

Mas o velho Carvalho entendia e ficou triste, pois gostava muito do pequeno Rouxinol que construíra seu ninho em seus galhos.

— Cante uma última canção — ele sussurrou — vou me sentir muito sozinho quando você se for.

Então o Rouxinol cantou para o Carvalho, e sua voz era como água borbulhando de uma jarra de prata.

Assim que ele terminou sua canção, o Estudante se levantou e tirou do bolso um caderno e um lápis.

— O pássaro tem forma — ele disse para si mesmo, enquanto se afastava pelo bosque — isso não se pode negar, mas será que tem sentimento? Receio que não. Na verdade, ele é como a maioria dos artistas... cheio de estilo, sem nenhuma sinceridade. Ele não se sacrificaria pelos outros.

Pensa apenas em sua música, e todos sabem que as artes são egoístas. Ainda assim, devo admitir que ele tem algumas notas bonitas em sua voz. É uma pena que elas não signifiquem nada, ou não façam nenhum bem na prática.

Em seguida ele foi para seu quarto, deitou-se em sua pequena cama de paletes e começou a pensar na sua amada. Depois de um tempo, adormeceu.

E quando a Lua brilhou nos céus, o Rouxinol voou para a Roseira e encostou seu peito no espinho. A noite inteira ele cantou com o peito encostado contra o espinho, e a fria Lua de cristal inclinou-se e ficou escutando. Durante toda a noite ele cantou, o espinho penetrava cada vez mais fundo em seu peito e seu sangue fluía vagarosamente para a roseira.

Primeiro o Rouxinol cantou sobre o nascimento do amor no coração de um rapaz e uma moça. E no ramo mais alto da Roseira desabrochou uma rosa maravilhosa, pétala após pétala, canção após canção. A princípio era pálida como a névoa que paira sobre o rio... pálida como o início da manhã, e prateada como as asas da aurora. Como a sombra de uma rosa em um espelho de prata, como a sombra de uma rosa em uma poça de água, assim era a rosa que desabrochava no ramo mais alto da Roseira.

Mas a Roseira pediu ao Rouxinol que se apertasse mais contra o espinho. — Chegue mais perto, pequeno Rouxinol — exclamou a Roseira — ou o Dia chegará antes que a rosa fique pronta.

Então o Rouxinol se apertou mais contra o espinho,

e cada vez ele cantava sua canção mais alto, pois cantava sobre o nascimento da paixão na alma de um homem e de uma mulher.

E um delicado rubor rosado entrou nas folhas da rosa, como o rubor no rosto do noivo quando ele beija os lábios da noiva. Mas o espinho ainda não havia atingido seu coração, então o coração da rosa permanecia branco, pois somente o sangue do coração de um rouxinol pode tingir de vermelho o coração de uma rosa.

E a Roseira pediu ao Rouxinol que se apertasse mais ainda contra o espinho.

— Chega mais perto, pequeno Rouxinol — disse a Roseira — ou o Dia chegará e a rosa ainda não estará pronta.

Assim, o Rouxinol apertou-se ainda mais contra o espinho e quando este lhe tocou o coração uma pontada feroz de dor percorreu todo seu corpo. Violenta, intensa era a dor, e cada vez mais alucinante ficava seu canto, pois ele cantava o Amor que é aperfeiçoado pela Morte, o Amor que não morre no túmulo.

E a rosa maravilhosa ficou vermelha, como a rosa do céu ao alvorecer. Vermelha era sua grinalda de pétalas, e vermelho como um rubi era seu coração.

Mas a voz do Rouxinol foi ficando cada vez mais fraca, suas pequenas asas começaram a bater e sua visão ficou embaçada. A cada instante ele cantava mais baixinho até que sentiu algo sufocando-o na garganta.

Então ele cantou pela última vez com toda força que lhe

Seus lábios são doces como mel.

restava. A Lua branca o ouviu e até esqueceu o amanhecer, e permaneceu no céu. A rosa vermelha o ouviu, estremeceu toda de êxtase, e abriu suas pétalas para o ar frio da manhã. O eco levou suas últimas notas até a caverna púrpura nas colinas e acordou os pastores adormecidos em seus sonhos. Sua canção flutuou pelos juncos do rio e eles levaram sua mensagem ao mar.

— Olhe, olhe! — gritou a Roseira — a rosa está pronta agora — mas o Rouxinol não respondeu, pois estava morto na grama alta, com o espinho cravado no coração.

E ao meio-dia o Estudante abriu a janela e olhou para fora.

— Ora, mas que sorte maravilhosa! — disse ele — Aqui está uma rosa vermelha! Nunca vi uma rosa assim em toda a minha vida. É tão linda que tenho certeza que tem um nome longo em latim — e ele se inclinou e a arrancou.

Então ele colocou o chapéu e correu para a casa do Professor com a rosa na mão.

A filha do Professor estava sentada na porta enrolando seda azul em um carretel, e seu cachorrinho estava deitado a seus pés.

— Você disse que dançaria comigo se eu lhe trouxesse uma rosa vermelha — exclamou o Estudante. — Aqui está a rosa mais vermelha do mundo. Você vai usá-la esta noite junto ao seu coração, e enquanto estivermos dançando juntos, ela lhe dirá o quanto eu te amo.

Mas a moça franziu a testa.

— Acho que não combina com meu vestido — ela respondeu — e, além disso, o sobrinho do mordomo me mandou algumas joias de verdade, e todo mundo sabe que joias custam muito mais do que flores.

— Ora, você é muito ingrata — disse o Estudante com raiva. Ele jogou a rosa na rua e ela caiu na sarjeta. A roda de uma carroça passou por cima dela.

— Ingrata!! — exclamou a moça. —Vou lhe dizer uma coisa, você é muito mal-educado; e, afinal, quem é você? Apenas um Estudante. Ora, eu não acredito que você tenha sequer fivelas de prata em seus sapatos como tem o sobrinho do Mordomo. Então ela levantou-se da cadeira e entrou em casa.

— Que coisa tola é o Amor — disse o Estudante enquanto se afastava. — Não é tão útil quanto a Lógica, pois não prova nada, e está sempre dizendo coisas que não vão acontecer e fazendo acreditar em coisas que não são verdadeiras. Na verdade, é bastante impraticável e, como nesta época ser prático é tudo, voltarei a estudar Filosofia e Metafísica.

Então, ele voltou para seu quarto, pegou um grande livro empoeirado e começou a ler.

O GIGANTE EGOÍSTA

Em cada árvore ele viu uma criança.

Todas as tardes, quando voltavam da escola, as crianças costumavam brincar no jardim do Gigante.

Era um jardim grande e encantador, com grama verde e macia. Aqui e ali havia sobre a grama lindas flores que pareciam estrelas, e havia doze pessegueiros que na primavera desabrochavam em delicadas flores cor-de-rosa e pérola, e no outono davam ricos frutos. Os pássaros pousavam nas árvores e cantavam tão docemente que as crianças costumavam parar suas brincadeiras para ouvi-los.

— Como somos felizes aqui! — elas diziam umas às outras.

Um dia o Gigante voltou. Ele havia saído para visitar seu amigo, o Ogro da Cornualha, e ficara com ele durante sete anos. Após esse tempo, ele já tinha dito tudo o que tinha a dizer, pois sua conversa era limitada, e decidiu voltar para seu próprio castelo. Ao chegar, viu as crianças brincando no jardim.

— O que vocês estão fazendo aqui? — ele gritou com uma voz muito áspera, e as crianças fugiram com medo.

— Meu jardim é meu jardim — disse o Gigante — Qualquer um pode entender isso, e não permitirei que ninguém brinque nele além de mim — Então ele construiu um muro alto ao redor do jardim e colocou um cartaz de aviso:

OS INVASORES SERÃO PROCESSADOS

Ele era um gigante muito egoísta.

As pobres crianças agora não tinham onde brincar. Elas tentaram brincar na estrada, mas a estrada tinha muita poeira e era cheia de pedras duras, então elas não gostavam. Costumavam passear ao redor do muro alto, depois que as aulas terminavam, e conversavam sobre o belo jardim que ficava lá dentro.

— Como éramos felizes lá — diziam umas às outras.

Então veio a primavera, e por todo o país havia pequenas flores e passarinhos. Só no jardim do Gigante Egoísta ainda era inverno. Os pássaros não se importaram em cantar porque não havia crianças, e as árvores se esqueceram de florescer. Certa vez uma bela flor brotou na grama, mas quando viu o cartaz de aviso, ficou com tanta pena das crianças que se enfiou de volta no chão e adormeceu. Os únicos que ficavam satisfeitos eram a Neve e o Gelo.

— A primavera esqueceu este jardim — gritavam eles — então viveremos aqui o ano todo. A Neve cobriu a grama com seu grande manto branco, e a Geada pintou todas as árvores de prata. Então eles convidaram o Vento do Norte para ficar com eles, e ele veio. Estava envolto em peles e rugia o dia todo pelo jardim, derrubando as chaminés.

— Este lugar é delicioso — disse ele — precisamos convidar o Granizo para fazer uma visita.

E o Granizo aceitou o convite. Todos os dias, durante três horas, ele batia no telhado do castelo até quebrar quase todas as telhas, e então corria ao redor do jardim o mais rápido que podia. Usava uma vestimenta de cor cinza e sua respiração era como gelo.

— Não consigo entender por que a primavera está demorando tanto para chegar — disse o Gigante Egoísta, sentado à janela e olhando para seu jardim branco e frio. — Espero que o tempo mude.

Mas a primavera não chegou, nem o verão. O outono trouxe frutos dourados para todos os jardins, exceto para o jardim do Gigante. — Ele é muito egoísta — disse o Outono.

Então era sempre Inverno lá, e o Vento do Norte, o Granizo, o Gelo e a Neve dançavam por entre as árvores.

Certa manhã, o Gigante estava deitado acordado na cama quando ouviu uma música adorável. Soava tão doce aos seus ouvidos que ele pensou que deviam ser os músicos do rei passando. Na verdade, era apenas um pequeno pintarroxo cantando do lado de fora de sua janela, mas fazia tanto tempo que não ouvia um pássaro cantar em seu jardim que lhe parecia a música mais bonita do mundo. Então o Granizo parou de dançar sobre sua cabeça, o Vento do Norte parou de rugir e um perfume delicioso veio até ele através da janela aberta.

— Acho que a primavera finalmente chegou — disse o Gigante e pulou da cama para olhar lá fora.

O que ele viu?

Ele teve uma visão maravilhosa. Através de um pequeno buraco na parede as crianças tinham entrado e estavam sentadas nos galhos das árvores. Em cada árvore que ele podia ver havia uma criancinha. E as árvores estavam tão felizes por ter as crianças de volta que se cobriram de flores e balançavam os galhos suavemente acima da cabeça das crianças. Os pássaros voavam e chilreavam de prazer, e as flores contemplavam a grama verde e riam. Era uma cena linda, só que em um canto ainda era inverno. Era o canto mais distante do jardim, e nele estava um garotinho. Ele era tão pequeno que não conseguia alcançar os galhos da árvore e estava andando ao redor dela, chorando de tanta tristeza. A pobre árvore ainda estava coberta de gelo e neve, e o Vento do Norte soprava e rugia acima dela.

— Suba, garotinho — disse a Árvore, e abaixou seus galhos o mais baixo que pôde, mas o menino era muito pequeno.

E o coração do Gigante derreteu-se quando ele olhou

O menino que ele amava.

para fora. — Como tenho sido egoísta! — ele disse — agora eu sei o motivo pelo qual a Primavera não apareceu mais aqui. Vou colocar aquele pobre menino no topo da árvore, depois vou derrubar o muro e meu jardim será um lugar onde as crianças poderão brincar para sempre.

Ele estava realmente muito arrependido pelo que tinha feito. Então desceu as escadas, abriu a porta da frente bem suavemente e saiu para o jardim. Mas, quando as crianças o viram, ficaram tão assustadas que fugiram, e o jardim voltou ao inverno. Apenas o menininho não correu, pois seus olhos estavam tão cheios de lágrimas que ele não viu o Gigante chegando. E o Gigante veio de mansinho por trás dele e o pegou gentilmente na mão, e o colocou na árvore. E a árvore desabrochou imediatamente, e os pássaros vieram e cantaram nela, e o menino estendeu seus dois braços e os jogou em volta do pescoço do Gigante e o beijou. E as outras crianças, quando viram que o

Gigante não era mais malvado, voltaram correndo, e com elas veio a Primavera.

— Agora o jardim é de vocês, crianças — disse o Gigante, e pegou um grande machado e derrubou o muro. E quando as pessoas passaram para ir ao mercado ao meio-dia encontraram o Gigante brincando com as crianças no jardim mais lindo que já tinham visto.

As crianças brincaram o dia todo e no final da tarde vieram até o Gigante para se despedir.

— Mas onde está o amiguinho de vocês? — ele perguntou — o menino que eu coloque em cima da árvore.

O Gigante tinha gostado mais dele porque ele lhe havia dado um beijo.

Não sabemos — responderam as crianças — ele já deve ter ido embora.

— Vocês precisam dizer a ele para vir amanhã — disse o Gigante.

Mas as crianças responderam que não sabiam onde ele morava e que nunca o tinham visto antes; então o Gigante ficou muito triste.

Todas as tardes, quando terminavam as aulas, as crianças iam brincar com o Gigante. Mas o menininho a quem ele havia se afeiçoado tanto nunca mais foi visto. O Gigante era muito gentil com todas as crianças, no entanto sentia muitas saudades do seu primeiro amiguinho, e muitas vezes falava dele.

— Como eu gostaria de vê-lo! — ele costumava dizer.

Os anos se passaram e o Gigante ficou muito velho e fraco. Ele não podia mais brincar, então sentava-se em uma enorme poltrona e ficava observando as brincadeiras das crianças e admirando seu jardim.

— Tenho muitas flores lindas — disse ele —, mas as crianças são as flores mais lindas de todas.

Em uma manhã de inverno, ele olhou pela janela enquanto se vestia. Ele não sentia mais raiva do inverno agora, pois sabia que era apenas a primavera adormecida e que as flores estavam descansando.

De repente, esfregou os olhos, maravilhado, e olhou e olhou de novo. Com certeza era uma visão maravilhosa. No canto mais distante do jardim havia uma árvore coberta de lindas flores brancas. Seus galhos eram todos dourados, e deles pendiam frutas prateadas, e debaixo delas estava o garotinho que ele amava.

O Gigante desceu as escadas com pressa e grande alegria e saiu para o jardim. Apressou-se pela grama e aproximou-se da criança. E quando ele chegou bem perto, seu rosto ficou vermelho de raiva, e ele disse:

— Quem ousou machucá-lo? — pois nas palmas das mãos da criança estavam as marcas de dois pregos, e também havia marcas de dois pregos em seus pezinhos.

— Quem se atreveu a machucá-lo? — gritou o Gigante — Diga-me, para que eu possa pegar minha grande espada e matá-lo.

— Não! — respondeu a criança — estas são as feridas do Amor.

— Quem é você? — perguntou o Gigante, e um estranho temor caiu sobre ele, e ele se ajoelhou diante da criancinha.

E a criança sorriu para o Gigante e disse-lhe: — Uma vez, você me deixou brincar em seu jardim, hoje você virá comigo ao meu jardim que é o Paraíso.

E quando as crianças correram naquela tarde, encontraram o Gigante morto debaixo da árvore, todo coberto de flores brancas.

O AMIGO DEVOTADO

O pintarroxo verde.

Certa manhã, o velho Rato d'água colocou a cabeça para fora de sua toca. Ele tinha olhos brilhantes e redondos, bigodes grisalhos e sua cauda era como um longo pedaço de elástico preto. Os patinhos estavam nadando no lago e pareciam canários amarelos. A mãe deles, branca como a neve com pernas vermelhas, estava tentando ensiná-los a manter a cabeça na água.

— Vocês nunca farão parte da boa sociedade se não aprenderem a manter a cabeça dentro d'água — ela dizia continuamente e de vez em quando mostrava como se fazia. Mas os patinhos não lhe davam atenção. Eles eram tão jovens que não entendiam a vantagem de fazer parte da boa sociedade.

— Que crianças desobedientes! — gritou o velho Rato d'água — eles realmente mereciam se afogar.

— Nada disso — respondeu a Pata — todos precisam começar a aprender, e os pais devem ter a dose certa de paciência.

— Ah! Não sei nada sobre os sentimentos de pais — disse o Rato d'água. — Não sou um homem de família. Na verdade, nunca fui casado e não pretendo ser. O amor está muito bem à sua maneira e considero a amizade um sentimento muito maior. Na verdade, não conheço nada no mundo que seja mais nobre ou mais raro do que uma amizade devotada.

— Então, por favor, me conte: qual é a sua opinião sobre os deveres de um amigo devotado? — perguntou um Pintarroxo Verde, que estava ouvindo a conversa sentado.

— Sim, é exatamente isso que eu quero saber — disse a Pata e saiu nadando de cabeça erguida até a outra extremidade do lago, a fim de dar um bom exemplo a seus filhos.

— Que pergunta boba! — exclamou o Rato d'água. — É claro que eu espero que meu amigo devotado seja dedicado a mim.

— E o que você fará em troca? — perguntou o passarinho, balançando-se em um ramo prateado e batendo suas asinhas.

— Não entendo você — respondeu o Rato d'água.

— Deixe-me contar uma história sobre o assunto — disse o Pintarroxo.

— A história é sobre mim? — perguntou o Rato d'água. — Se for, vou ouvi-la, pois gosto muito de ficção.

— Pode ser aplicada a você — respondeu o Pintarroxo que desceu voando e pousou na margem para contar a história do Amigo Devotado.

— Era uma vez — disse o Pintarroxo — um rapaz honesto chamado Hans.

— Ele era muito notável? — perguntou o Rato d'água.

— Não — respondeu o Pintarroxo — não creio que ele fosse absolutamente notável, exceto por seu coração bondoso e seu rosto redondo, engraçado e bem-humorado. Ele morava em uma pequena cabana sozinho, e todos os dias ele trabalhava em seu jardim. Em toda a região não havia jardim tão lindo quanto o dele. Cravos, flores douradas, bolsas-de-pastor e margaridas cresciam lá. Havia rosas de damasco e rosas amarelas, açafrões lilás e dourados, violetas roxas e brancas. Aquileias e cardaminas, manjeronas e manjericão silvestre, primaveras e flores-de-lis, o narciso e o cravo rosa floresciam e desabrochavam em sua ordem correta de acordo com os meses. Uma flor tomava o lugar da outra, de modo que havia sempre coisas bonitas para se ver e aromas agradáveis para cheirar. O pequeno Hans tinha muitos amigos, mas o mais devotado de todos era o grande Hugh, o Moleiro. De fato, o rico Moleiro era tão dedicado ao pequeno Hans, que ele nunca passava pelo jardim dele sem se debruçar sobre o muro e colher um grande ramalhete, ou um punhado de ervas doces, ou encher os bolsos de ameixas e cerejas se fosse a estação das frutas.

— Amigos de verdade compartilham tudo — costumava dizer o Moleiro, e o pequeno Hans concordava e sorria, sentindo muito orgulho de ter um amigo com ideias tão nobres.

Na realidade, às vezes os vizinhos achavam estranho que o rico Moleiro nunca desse nada em troca ao pequeno Hans, embora tivesse cem sacos de farinha guardados em seu moinho, seis vacas leiteiras e um grande rebanho de ovelhas com muita lã; mas Hans nunca se preocupava com essas coisas, e nada lhe dava maior prazer do que ouvir todas as maravilhas que o Moleiro costumava dizer sobre a solidariedade da verdadeira amizade.

Assim o pequeno Hans continuava trabalhando em seu jardim. Durante a primavera, o verão e o outono ele era muito feliz, mas quando o inverno chegava, e ele não tinha frutas ou flores para levar ao mercado, sofria muito de frio e fome, e muitas vezes tinha que ir para cama sem comer nada a não ser algumas peras secas ou algumas nozes duras. No inverno, também, ele ficava extremamente solitário, já que o Moleiro nunca o visitava nessa época.

— Não adianta visitar o pequeno Hans durante o inverno — o Moleiro costumava dizer à esposa — pois quando as pessoas estão em apuros, elas devem ser deixadas sozinhas e não serem incomodadas por visitas. Pelo menos essa é a minha opinião sobre amizade, e tenho certeza de que tenho razão. Então, vou esperar até que a primavera chegue, e então farei uma visita a ele, e ele poderá me dar uma grande cesta de primaveras e isso o deixará muito feliz.

— Você realmente é muito atencioso com os outros —

respondeu a esposa, enquanto se sentava em sua poltrona confortável junto à grande lareira alimentada com madeira de pinho — é muito atencioso mesmo. Gosto demais de ouvir você falar sobre amizade. Tenho certeza de que nem mesmo o padre da nossa vila poderia dizer coisas tão bonitas como você, embora ele more em uma casa de três andares e use um anel de ouro no dedo mindinho.

— Mas não poderíamos convidar o pequeno Hans para uma visita? — perguntou o filho mais novo do Moleiro. — Se o pobre Hans estiver com problemas, darei a ele metade da minha comida e mostrarei a ele meus coelhos brancos.

— Como você é um menino tolo! — exclamou o Moleiro. — Eu realmente não sei qual é a utilidade de mandá-lo para a escola. Parece que você não aprende nada. Ora, se o pequeno Hans viesse aqui e visse nossa lareira, nossa boa comida e nosso grande barril de vinho tinto, ele poderia ficar com inveja, e a inveja é uma coisa terrível que estraga o caráter de qualquer pessoa. Com certeza não vou permitir que o caráter de Hans seja prejudicado. Sou seu melhor amigo e sempre cuidarei dele e estarei atento para que não caia em nenhuma tentação. Além disso, se Hans viesse aqui, ele poderia me pedir para lhe dar um pouco de farinha e isso eu não poderia fazer. Farinha é uma coisa, amizade é outra, e não devem ser confundidos. Ora, as palavras são escritas de maneira diferente e significam coisas bem diferentes. Todos sabem disso.

— Como você fala bem! — disse a esposa do Moleiro, servindo-se de um grande copo de cerveja quente — na realidade estou me sentindo meio sonolenta. É como estar na igreja.

— Muitas pessoas agem bem — respondeu o Moleiro — mas pouquíssimas pessoas falam bem, o que mostra que falar é a mais difícil das duas coisas, e muito mais delicado também — e ele olhou severamente do outro lado da mesa para seu filho mais novo, que se sentiu tão envergonhado que baixou a cabeça, ficou bastante corado e começou a chorar dentro do seu chá. No entanto, ele era tão jovem que não se podia culpá-lo por nada.

— Esse é o fim da história? — perguntou o Rato d'água.

— É lógico que não — respondeu o Pintarroxo — esse é só o começo.

— Então você está bem atrasado para a época — disse o Rato d'água. — Todo bom contador de histórias hoje em dia começa com o fim, depois vai para o

início e termina no meio. Esse é o novo método. Ouvi tudo sobre isso outro dia de um crítico que estava passeando ao redor do lago com um jovem rapaz. Ele falava sobre o assunto com eloquência, e estou certo de que ele tinha razão, pois usava óculos azuis e era careca. E quando o jovem fazia qualquer comentário, ele sempre respondia: — Bobagem. Mas, por favor, continue com sua história. Estou gostando muito do Moleiro. Eu mesmo tenho todos os tipos de sentimentos bonitos, então há uma grande simpatia entre nós.

— Muito bem — disse o Pintarroxo, pulando ora em uma perna e ora na outra — assim que o inverno acabou e as primaveras começaram a abrir suas pálidas estrelas amarelas, o Moleiro disse à esposa que iria visitar o pequeno Hans.

— Ah, que bom coração você tem! — exclamou a esposa dele — você está sempre pensando nos outros. E lembre-se de levar a cesta grande para trazer as flores.

— Então o Moleiro amarrou as pás do moinho de vento com uma forte corrente de ferro e desceu a colina com a cesta no braço.

— Bom dia, pequeno Hans — disse o Moleiro.

— Bom dia — disse Hans, apoiando-se na pá e sorrindo de orelha a orelha.

— Como você passou o inverno? — disse o Moleiro.

— Passei bem — exclamou Hans — é muito gentileza da sua parte perguntar, muito bondade mesmo. Embora tenha sido bastante difícil, agora chegou a primavera e estou muito feliz e, além disso, todas as minhas flores estão indo bem.

— Conversamos sobre você com frequência durante o inverno, Hans — disse o Moleiro — e ficamos imaginando como você estava.

— Foi muita bondade de vocês — disse Hans — fiquei com medo que o senhor tivesse esquecido de mim.

— Hans, estou surpreso com você — disse o Moleiro. — A amizade nunca esquece. Esse é o aspecto maravilhoso dela, mas receio que você não entenda a poesia da vida. A propósito, como suas primaveras estão lindas!

— Elas realmente estão adoráveis — disse Hans — e eu tenho sorte de ter tantas assim. Vou levá-las ao mercado e vendê-los para a filha do prefeito e comprar de volta meu carrinho de mão com o dinheiro.

— Comprar de volta seu carrinho de mão? Quer dizer que você o vendeu? Que coisa muito estúpida de se fazer!

— Bem, de fato é — disse Hans — mas fui obrigado a fazer isso. O senhor sabe como o inverno foi uma época muito ruim para mim, e eu realmente não tinha dinheiro para comprar pão. Então, primeiro vendi os botões de prata da minha roupa de domingo, depois vendi minha corrente de prata, em seguida vendi minha flauta e, por fim, vendi meu carrinho de mão. Mas vou comprá-los de volta agora.

— Hans — disse o Moleiro — eu lhe darei meu carrinho de mão. Na verdade, não está em muito bom estado de conservação, um lado se foi, e há algo errado com os raios da roda; mas, apesar disso, eu o darei a você. Sei que é muita generosidade da minha parte, e muitas pessoas me achariam extremamente tolo por me separar dele, mas não sou como o resto do mundo. Acho que a generosidade é a essência da amizade e, além disso, tenho um novo carrinho de mão para mim. Então, você pode ficar tranquilo, eu lhe darei meu carrinho de mão.

— Ora, realmente, é muita generosidade da sua parte — disse o pequeno Hans, e seu engraçado rosto redondo

Hans em seu jardim.

brilhou de alegria. — Posso consertá-lo com facilidade porque tenho uma prancha de madeira em casa.

— Uma prancha de madeira! — disse o Moleiro — Ora, isso é exatamente o que eu quero para o telhado do meu celeiro. Há um buraco muito grande nele, e o milho ficará todo úmido se eu não tapar. Que sorte você ter mencionado isso! É notável como uma boa ação sempre gera outra. Eu lhe dei meu carrinho de mão, e agora você vai me dar sua prancha. Claro que o carrinho de mão vale muito mais do que a prancha, mas é verdade que a amizade nunca leva coisas assim em consideração. Por favor, pegue-a agora porque vou começar a trabalhar no meu celeiro hoje mesmo.

— Com certeza — exclamou o pequeno Hans, e foi correndo até o galpão e trouxe a prancha de madeira.

— Não é uma tábua muito grande — disse o Moleiro, olhando para ela — e, receio que depois de consertar o telhado do meu celeiro, não sobrará nada para você consertar o carrinho de mão; mas, claro, isso não é minha culpa. E agora, como lhe dei meu carrinho de mão, tenho certeza de que você gostaria de me dar algumas flores em troca. Aqui está a cesta, e lembre-se de deixá-la bem cheia.

— Bem cheia? — disse o pequeno Hans, com certa tristeza, pois era realmente uma cesta muito grande, e ele sabia que se a enchesse não teria mais flores para vender no mercado e estava muito ansioso para recuperar seus botões de prata.

— Bem, realmente — respondeu o Moleiro — já que lhe dei meu

carrinho de mão, não acho que seja muito pedir algumas flores. Posso estar errado, mas eu acho que a amizade, a verdadeira amizade, está totalmente isenta de qualquer tipo de egoísmo.

— Meu querido amigo, meu melhor amigo — exclamou o pequeno Hans — o senhor pode ter todas as flores do meu jardim. Eu sempre vou preferir sua opinião a meus botões de prata — e saiu correndo para colher todas as suas lindas primaveras e encher a cesta do Moleiro.

— Até mais, pequeno Hans — disse o Moleiro, enquanto subia a colina com a prancha no ombro e a grande cesta na mão.

— Até mais — disse o pequeno Hans, e começou a cavar alegremente, pois estava muito satisfeito com o carrinho de mão que havia ganhado.

No dia seguinte, ele estava pendurando algumas madressilvas na varanda, quando ouviu a voz do Moleiro chamando-o da estrada. Então ele desceu da escada, correu pelo jardim e olhou por cima do muro.

Lá estava o Moleiro com um grande saco de farinha nas costas.

— Querido pequeno Hans — disse o Moleiro — você se importaria de levar este saco de farinha para mim até o mercado?

— Oh, sinto muito — disse Hans — mas estou realmente muito ocupado hoje. Tenho todas as minhas trepadeiras para pendurar, todas as minhas flores para regar e toda a minha grama para cortar.

— Bem, realmente — disse o Moleiro — acho que, considerando que vou lhe dar meu carrinho de mão, não seria nada amistoso da sua parte recusar meu pedido.

— Ah, não diga isso — exclamou o pequeno Hans — eu não recusaria seu pedido por nada nesse mundo. — Então ele correu para pegar seu boné e saiu com o grande saco de farinha nos ombros.

Fazia muito calor naquele dia e a estrada estava terrivelmente empoeirada, e antes que Hans tivesse percorrido 10 quilômetros ele já estava tão cansado que teve que se sentar e descansar. No entanto, ele continuou bravamente e, finalmente, chegou ao mercado. Depois de esperar algum tempo, vendeu o saco de farinha por um preço muito bom, e então voltou para casa imediatamente, pois temia que, se voltasse tarde demais, pudesse encontrar alguns ladrões no caminho.

— Com certeza foi um dia difícil — disse o pequeno Hans para si mesmo enquanto ia para a cama — mas estou feliz por não ter recusado o pedido do Moleiro porque ele é meu melhor amigo e, além disso, ele me dará o carrinho de mão dele.

— Na manhã seguinte, o Moleiro veio buscar o dinheiro da venda do seu saco de farinha, mas o pequeno Hans estava tão cansado que ainda estava na cama.

— Meu Deus do céu — disse o Moleiro — você é muito preguiçoso. Realmente, considerando que vou lhe dar meu carrinho de mão, acho que você poderia trabalhar mais. A preguiça é um grande pecado, e certamente eu não gostaria que nenhum de meus amigos fosse ocioso ou preguiçoso. Você não deve se aborrecer porque estou falando abertamente com você. Claro que eu não sonharia em fazê-lo se não fosse seu amigo. Mas de que serve a amizade se não se pode dizer exatamente o que se quer dizer? Qualquer um pode dizer coisas encantadoras e tentar agradar e bajular, mas um verdadeiro amigo sempre diz coisas desagradáveis e não se importa se isso pode causar sofrimento. De fato, se ele é um amigo realmente verdadeiro, ele prefere agir assim, pois sabe que está fazendo o bem.

— Lamento muito — disse o pequeno Hans, esfregando os olhos e tirando a touca de dormir — mas eu estava tão cansado que pensei em ficar deitado mais um pouco e ouvir os pássaros cantando. Você sabe que sempre trabalho melhor depois de ouvir os pássaros cantarem?

— Bem, fico feliz em saber disso — disse o Moleiro, dando uns tapinhas nas costas do pequeno Hans — mas eu quero que você vá ao moinho assim que estiver vestido e conserte o telhado do meu celeiro para mim.

O pobre pequeno Hans estava muito ansioso para trabalhar em seu jardim, pois suas flores não eram regadas há dois dias, mas não queria recusar o pedido do Moleiro porque era um bom amigo para ele.

— Você acha que seria indelicado da minha parte se eu dissesse que estou ocupado? — ele perguntou com uma voz tímida e modesta.

— Bem, realmente — respondeu o Moleiro — não acho que seja pedir muito de você, considerando que vou lhe dar meu carrinho de mão; mas é claro que se você recusar, eu farei tudo sozinho.

— Ora! de jeito nenhum — disse o pequeno Hans e pulou da cama, vestiu-se e foi até o celeiro.

Ele trabalhou lá o dia todo, até o entardecer, e ao pôr do sol o moleiro veio ver como ele estava.

— Você já consertou o buraco no telhado, pequeno Hans? — perguntou o Moleiro com uma voz animada.

— Está totalmente consertado — respondeu o pequeno Hans, descendo da escada.

— Ah! — disse o Moleiro — não há trabalho tão prazeroso quanto aquele que se faz pelos outros.

— É certamente um grande privilégio ouvi-lo falar — respondeu o pequeno Hans, sentando-se e enxugando a testa — um grande privilégio. Mas receio que nunca terei ideias tão belas quanto as suas.

— Oh! elas virão até você — disse o Moleiro — mas você deve se esforçar mais. No momento você conhece apenas a amizade na prática, um dia você a conhecerá na teoria também.

— Você realmente acha que vou conseguir? — perguntou o pequeno Hans.

— Não tenho dúvidas disso — respondeu o Moleiro — ,mas agora que você consertou o telhado, é melhor você ir para casa e descansar, pois quero que você leve minhas ovelhas para a montanha amanhã.

O pobre pequeno Hans estava com medo de dizer qualquer coisa sobre isso, e na manhã seguinte o Moleiro levou suas ovelhas até a cabana de Hans, que partiu com elas para a montanha. Levou o dia inteiro para chegar lá e voltar; e quando voltou estava tão cansado que dormiu em sua cadeira, e só acordou em plena luz do dia.

— Que momentos deliciosos terei no meu jardim — ele disse, e imediatamente começou a trabalhar.

— Mas de alguma forma ele nunca conseguia cuidar de suas flores, pois seu amigo, o Moleiro, sempre aparecia e pedia que ele realizasse trabalhos demorados ou que ajudasse no moinho. O pequeno Hans às vezes ficava muito angustiado, pois temia que suas flores pensassem que ele as havia esquecido, mas consolava-se com a reflexão de que o Moleiro era seu melhor amigo. — Além disso — ele costumava dizer —, ele vai me dar seu carrinho de mão, e isso é um ato de pura generosidade.

Então o pequeno Hans continuou trabalhando para o Moleiro, e o Moleiro dizia todo tipo de coisas bonitas sobre amizade, que Hans anotava em um caderno e costumava ler à noite, pois era um estudante muito aplicado.

Aconteceu que em uma noite o pequeno Hans estava sentado ao lado da lareira quando ouviu uma batida forte na porta. Era uma noite muito agitada, e o vento soprava e rugia em volta da casa com tanta força que a princípio ele pensou que fosse apenas a tempestade. Mas uma segunda batida veio, e então uma terceira, mais alta do que as outras.

— Deve ser um pobre viajante — disse o pequeno Hans para si mesmo, e correu até a porta.

Lá estava o Moleiro com uma lanterna em uma mão e um grande bastão na outra.

— Querido pequeno Hans — exclamou o Moleiro — estou com grandes problemas. Meu garotinho caiu de uma escada e se machucou, e eu preciso ir buscar o Médico. Mas ele mora tão longe, e está uma noite tão ruim, que acabou de me ocorrer que seria muito melhor se você fosse no meu lugar. Você sabe que eu vou te dar meu carrinho de mão, e então, nada mais justo que você faça algo por mim para retribuir.

— Com certeza — exclamou o pequeno Hans — fico feliz que tenha me procurado para ajudá-lo e irei imediatamente. Mas preciso que o senhor me empreste sua lanterna, porque a noite está muito escura e tenho medo de cair em um buraco.

— Sinto muito — respondeu o Moleiro — mas a minha lanterna é nova e seria uma grande perda para mim se algo acontecesse com ela.

— Bem, não importa, vou sem ela mesmo — exclamou o pequeno Hans, e pegou seu grande casaco de pele e seu boné vermelho bem quentinho, amarrou um cachecol em volta do pescoço e partiu.

Era uma tempestade terrível! A noite estava tão escura

que o pequeno Hans mal podia ver, e o vento era tão forte que ele mal conseguia ficar de pé. No entanto, ele foi muito corajoso e, depois de caminhar cerca de três horas, chegou à casa do Médico e bateu na porta.

— Quem está aí? — gritou o doutor, colocando a cabeça para fora da janela de seu quarto.

— O pequeno Hans, doutor.

— O que você quer pequeno Hans?

— O filho do Moleiro caiu de uma escada e se machucou, e ele quer que o senhor venha imediatamente.

— Tudo bem! — disse o médico; ele pegou suas botas grandes e sua lanterna, desceu as escadas, preparou seu cavalo e partiu cavalgando em direção à casa do Moleiro, o pequeno Hans caminhava logo atrás dele.

Mas a tempestade foi ficando cada vez pior e a chuva caiu torrencialmente. O pequeno Hans não conseguia ver para onde estava indo, nem acompanhar o cavalo. Por fim, ele se perdeu e ficou vagando pelo pântano, que era um lugar muito perigoso, pois estava cheio de buracos bem fundos, e o pobre pequeno Hans caiu em um deles e morreu afogado. Seu corpo foi encontrado no dia seguinte por alguns pastores de cabras, flutuando em uma grande poça de água, e foi trazido de volta por eles até a cabana.

Todos foram ao funeral do pequeno Hans porque ele era muito popular, e o Moleiro liderou o cortejo do enterro.

— Como eu era seu melhor amigo — disse o Moleiro — é justo que eu ocupe o melhor lugar — por isso ele caminhava à frente da procissão com uma longa capa preta, e de vez em quando enxugava os olhos com um grande lenço que tirava de seu bolso.

— O pequeno Hans é certamente uma grande perda para todos nós — disse o Ferreiro, quando o funeral terminou, e todos estavam sentados confortavelmente na taverna, bebendo vinho com especiarias e comendo doces deliciosos.

— De qualquer forma, uma grande perda para mim — respondeu o Moleiro — Ora, eu tinha dado a ele meu carrinho de mão, e agora realmente não sei o que fazer com ele. Está atrapalhando muito lá em casa, e está em tão mau estado que não conseguiria nada por ele se o vendesse. Com certeza tomarei mais cuidado para não doar nada novamente. A pessoa sempre sofre por ser generosa.

— E então? — disse o Rato d'água, depois de uma longa pausa.

— Bem, esse é o fim — disse o Pintarroxo.

— Mas o que aconteceu com o Moleiro? — perguntou o Rato d'água.

— Oh! Eu realmente não sei — respondeu o Pintarroxo — e com certeza não me importo.

— É bastante evidente que você não tem nenhuma compaixão em seu caráter — disse o Rato d'água.

— Acho que você não entendeu muito bem a moral da história — comentou o Pintarroxo.

— O quê? — gritou o Rato d'água.

— A moral!

— Você quer dizer que a história tem uma moral?

— Certamente — disse o Pintarroxo.

— Ora, é mesmo! — disse o Rato d'água, parecendo bem zangado — acho que você deveria ter me dito isso antes de começar. Se você o tivesse feito, eu certamente não teria lhe dado ouvidos; na verdade, eu diria "Bobagem", como o crítico. No entanto, posso dizê-lo agora — e então ele gritou — Bobagem — com toda a sua força, sacudiu a cauda e voltou para sua toca.

— E o que você acha do Rato d'água? — perguntou a Pata, que veio nadando alguns minutos depois. — Ele tem muitos pontos positivos, mas, de minha parte, tenho sentimentos de mãe e não consigo olhar para um solteiro convicto sem que lágrimas caiam de meus olhos

— Receio que eu o tenha deixado aborrecido — respondeu o Pintarroxo. — O fato é que eu contei a ele uma história com moral.

— Ah! isso é sempre uma coisa muito perigosa de se fazer — respondeu a Pata.

E eu concordo plenamente com ela.

O NOTÁVEL FOGUETE

Princesa Russa.

O filho do rei ia se casar, então todos estavam muito felizes. Ele esperou um ano inteiro por sua noiva, e finalmente ela chegou. Era uma princesa russa, e tinha vindo da Finlândia em um trenó puxado por seis renas. O trenó tinha a forma de um grande cisne dourado, e entre as asas do cisne estava sentada a princesinha. Seu longo manto de arminho chegava até os pés, em sua cabeça havia um pequeno gorro de tecido prateado, e ela era tão pálida quanto o Palácio de Neve no qual sempre vivera. Era tão pálida que enquanto passava pelas ruas todos comentavam:

— Parece uma rosa branca! — e atiravam-lhe flores das varandas.

No portão do Castelo o Príncipe esperava para recebê-la. Ele tinha olhos violetas sonhadores, e seu cabelo era como ouro fino. Quando ele a viu, ajoelhou-se e beijou a sua mão.

— Seu retrato era lindo — ele murmurou —, mas você é mais linda que seu retrato — e a princesinha ficou corada.

— Ela parecia uma rosa branca há alguns minutos — disse um jovem pajem ao seu vizinho —, mas agora é uma rosa vermelha — e toda a corte ficou encantada.

Nos três dias que se seguiram, todos ficaram repetindo: — Rosa branca, rosa vermelha, rosa vermelha, rosa branca — e o rei deu ordens para que o salário do pajem fosse dobrado. Como não recebia salário, isso não lhe era muito útil, mas era considerado uma grande honra, e foi devidamente publicado na Gazeta da Corte.

Passados os três dias, o casamento foi celebrado. Foi uma cerimônia magnífica, e os noivos caminharam de mãos dadas sob um dossel de veludo púrpura bordado com pequenas pérolas. Depois houve um banquete principal que durou cinco horas. O Príncipe e a Princesa sentaram-se na extremidade do Salão Principal e beberam de uma taça de cristal transparente. Somente os verdadeiros apaixonados poderiam beber dessa taça, pois se lábios falsos a tocassem, o cristal ficaria cinza e opaco.

— Está bem claro que eles se amam — disse o pequeno pajem — claro como cristal! — e o rei dobrou seu salário pela segunda vez.

— Que honra! — exclamaram todos os cortesãos.

Depois do banquete haveria um Baile. A noiva e o noivo deveriam dançar juntos a Dança das Rosas, e o rei havia prometido tocar flauta. Ele tocava muito mal, mas ninguém jamais se atreveu a dizer isso, porque ele era o rei. Na verdade, ele conhecia apenas duas peças musicais e nunca tinha certeza de qual estava tocando; mas isso não importava, porque independentemente de qual ele estivesse tocando, todos gritavam:

— Encantador! encantador!

A última parte do programa era uma grande exibição de fogos de artifício que seriam lançados exatamente à meia-noite. A princesinha nunca tinha visto fogos de artifício em sua vida, então o rei deu ordens para que o Pirotécnico Real estivesse presente no dia do casamento.

— Como são os fogos de artifício? — ela havia perguntado ao Príncipe, certa manhã, enquanto caminhava pelo terraço.

— Eles são como a Aurora Boreal — disse o Rei, que sempre respondia às perguntas que eram dirigidas a outras pessoas —, só que muito mais naturais. Prefiro-os às estrelas, pois você sempre sabe quando vão aparecer, e eles são tão encantadores quanto à música da minha flauta. Você com certeza vai admirá-los.

Assim, no final do jardim do rei, um grande estande foi montado e, assim que o Pirotécnico Real colocou tudo em seu devido lugar, os fogos de artifício começaram a conversar entre si.

— O mundo é certamente muito bonito — exclamou um pequeno Rojão. — Basta olhar para aquelas tulipas amarelas. Ora! Se fossem bolachas de verdade, não poderiam ser mais adoráveis. Estou muito feliz por ter viajado. Viajar expande sua mente de modo maravilhoso e acaba com todos os preconceitos.

— O jardim do rei não é o mundo, seu tolo — disse uma grande Vela Romana —, o mundo é um lugar enorme, e você levaria três dias para vê-lo completamente.

— Qualquer lugar que você ame é o mundo para você — exclamou a pensativa Roda Catarina, que estivera apegada a uma antiga caixa de pinho e se orgulhava de seu coração partido —, mas o amor não está mais na moda, os poetas o mataram. Escreveram tanto sobre isso que ninguém acredita mais neles, e não estou surpresa. O verdadeiro amor sofre e se cala. Lembro-me de uma vez... Mas não importa mais agora. O romance é coisa do passado.

— Que absurdo! — disse a Vela Romana. — O romance nunca morre. É como a lua, e vive para sempre. A noiva e o noivo, por exemplo, se amam muito. Ouvi tudo sobre eles esta manhã de um cartucho de papel pardo, que por acaso estava na mesma gaveta que eu, e sabia das últimas notícias da corte.

Mas a Roda Catarina balançou a cabeça. — O romance está morto, o romance está morto, o romance está morto — ela murmurou. Ela era uma dessas pessoas que

pensam que, se você disser a mesma coisa repetidas vezes, ela se tornará verdade no final.

De repente, ouviu-se uma tosse forte e seca e todos olharam ao redor.

Vinha de um Foguete alto e de aparência arrogante, que estava amarrado na ponta de uma longa vara. Ele sempre tossia antes de fazer qualquer observação, para chamar a atenção.

— Hum! Hum! — ele disse, e todos ouviram, exceto a pobre Roda Catarina, que ainda estava balançando a cabeça e murmurando: — O romance está morto.

— Ordem! ordem! — gritou um Petardo[3] . Ele era uma espécie de político e sempre tinha um papel de destaque nas eleições locais, então sabia as expressões parlamentares apropriadas para usar.

— Completamente morto — suspirou a Roda Catarina, e ela caiu no sono.

Assim que tudo estava em perfeito silêncio, o Foguete tossiu pela terceira vez e começou. Ele falava com uma voz muito lenta e distinta, como se estivesse ditando suas memórias, e sempre olhava por cima do ombro da pessoa com quem estava falando. Na verdade, ele tinha um comportamento muito distinto.

— Como o filho do rei é feliz — comentou ele —, ele vai casar-se no mesmo dia em que serei disparado. Realmente, se tivesse sido combinado com antecedência, não poderia ter sido melhor para ele, mas, os príncipes sempre têm sorte.

— Vejam só! — disse o pequeno Rojão — Achei que

---

3 Petardo é um objeto portátil utilizado para destruir algo com uma explosão, uma espécie de bomba ou canhão, peça de fogo de artifício que produz um estampido ao arrebentar.

era bem ao contrário, e que íamos ser lançados em homenagem ao Príncipe.

— Pode ser assim com você — ele respondeu. — Na verdade, não tenho dúvidas de que é, mas comigo é diferente. Sou um Foguete muito notável descendente de pais notáveis. Minha mãe era a Roda Catarina mais famosa de sua época e era conhecida por sua dança graciosa. Quando ela fez sua grande exibição para o público, girou dezenove vezes antes de apagar-se, e a cada volta ela lançou sete estrelas cor-de-rosa no ar. Ela tinha um metro e meio de diâmetro e era feita da melhor pólvora. Meu pai era um Foguete como eu e de origem francesa. Ele voou tão alto que as pessoas tiveram medo de que não descesse mais. No entanto, ele desceu porque estava sempre muito disposto e sua descida foi brilhante como uma chuva de ouro. Os jornais escreveram sobre seu desempenho usando termos muito lisonjeiros. De fato, a Gazeta da Corte o chamou de um triunfo da arte *pilotécnica*.

— Pirotécnica, pirotécnica, é assim que se diz — disse um Fogo de Bengala. — Eu sei que é "pirotécnico" porque vi escrito na minha caixa.

— Bem, eu digo *Pilotécnico* — respondeu o Foguete, em um tom de voz severo, e o Fogo de Bengala sentiu-se tão esmagado que começou imediatamente a intimidar os pequenos rojões, para mostrar que ainda era uma pessoa de alguma importância.

— Eu estava dizendo que — continuou o Foguete — Eu estava dizendo.... O que é que eu estava dizendo mesmo?

— Você estava falando sobre si mesmo — respondeu a Vela Romana.

— É claro. Eu sabia que estava falando sobre algo interessante quando fui grosseiramente interrompido. Detesto grosserias e maus modos de todos os tipos porque sou extremamente sensível. Tenho certeza de que ninguém no mundo é tão sensível quanto eu.

— O que é uma pessoa sensível? — perguntou o Petardo à Vela Romana.

— Uma pessoa que, por ter calos, sempre pisa no calo dos outros — respondeu a Vela Romana sussurrando e o Petardo quase explodiu de tanto rir.

— Ora, está rindo do quê? — perguntou o Foguete. — Eu não estou rindo.

— Estou rindo porque estou feliz — respondeu o Petardo.

— Essa é uma razão muito egoísta — disse o Foguete com raiva. — Que direito você tem de ser feliz? Você deveria estar pensando nos outros. Na verdade, você deveria estar pensando em mim. Estou sempre pensando em mim e espero que todos façam o mesmo. Isso é o que se chama simpatia. É uma bela virtude, e eu a possuo em alto grau. Suponhamos, por exemplo, que alguma coisa me acontecesse esta noite, que desgraça seria para todos! O Príncipe e a Princesa nunca mais seriam felizes, toda a sua vida de casados seria estragada; e quanto ao rei, sei que ele não superaria isso. Realmente, quando começo a refletir sobre a importância da minha posição, quase me acabo em lágrimas.

— Se quer agradar aos outros — exclamou a Vela Romana — seria melhor manter-se seco.

— Certamente — exclamou o Fogo de Bengala, que agora estava de bom humor —, isso é apenas o senso comum.

— Senso comum, ora essa! — disse o Foguete indignado — você esquece que eu sou muito incomum, e muito notável. Ora, qualquer um pode ter senso comum, desde que não tenha imaginação. Mas eu tenho imaginação, pois nunca penso nas coisas como realmente são. Sempre as considero bem diferentes. Quanto a manter-me seco, evidentemente não há ninguém aqui que seja capaz de apreciar um temperamento emotivo. Felizmente para mim, não me importo com isso. A única coisa que nos sustenta ao longo da vida é a consciência da imensa inferioridade de todos os outros, e esse é um sentimento que sempre cultivei. Mas nenhum de vocês tem coração. Vocês estão rindo e se divertindo como se o Príncipe e a Princesa não tivessem acabado de se casar.

— Bem, realmente — exclamou um pequeno balão de fogo — por que não? É uma ocasião muito alegre e quando eu for lançado no ar pretendo contar tudo às estrelas. Você as verá brilhando quando eu lhes contar sobre a linda noiva.

— Ah! que visão trivial da vida! — disse o Foguete — mas é apenas o que eu esperava. Você não tem nada por dentro, é oco e vazio. Ora, talvez o Príncipe e a Princesa possam morar em um país onde há um rio profundo, e talvez tenham um único filho, um menininho louro com olhos violetas como o próprio príncipe; talvez algum dia ele saia para passear com sua ama e talvez a ama adormeça

Que comecem os fogos de artifício, disse o rei.

debaixo de um grande sabugueiro; talvez o menino caia no rio profundo e se afogue. Que desgraça terrível! Pobres pessoas, perder seu único filho! É realmente muito terrível! Jamais irei superar isso.

— Mas eles não perderam o único filho — disse a Vela Romana — nenhuma desgraça aconteceu com eles.

— Eu nunca disse que eles tinham perdido — respondeu o Foguete — Eu disse que eles poderiam perder. Se tivessem perdido o único filho, não adiantaria dizer mais nada sobre o assunto. Odeio pessoas que choram pelo leite derramado. Mas quando penso que eles poderiam perder seu único filho, isso me deixa realmente muito afetado.

— Você fica mesmo! — exclamou o Fogo de Bengala. — Na verdade, você é a pessoa mais afetada que já conheci.

— E você é a pessoa mais grossa que já conheci — disse o Foguete — e não consegue entender minha amizade pelo Príncipe.

— Ora, você nem o conhece — resmungou a Vela Romana.

— Eu nunca disse que o conhecia — respondeu o Foguete. — Ouso dizer que, se o conhecesse, não seria seu amigo. É uma coisa muito perigosa conhecer os amigos.

— É melhor você se manter seco — disse o Balão de Fogo. — Isso é o que importa.

— Importante para você, não tenho dúvidas — respondeu o Foguete —, mas chorarei se tiver vontade.

E ele realmente desatou a chorar, e suas lágrimas

correram por sua vareta como gotas de chuva e quase afogaram dois pequenos besouros, que estavam pensando em formar uma família e estavam procurando um bom lugar seco para morar.

— Ele deve ter uma natureza verdadeiramente romântica — disse a Roda Catarina — pois ele chora quando não há motivo para chorar.

Então ela soltou um suspiro profundo e começou a pensar na caixa de pinho.

Mas a Vela Romana e o Fogo de Bengala ficaram bastante indignados e continuaram a dizer, gritando bem alto: — Charlatão! Charlatão!

Eles eram extremamente práticos e sempre que se opunham a qualquer coisa eles gritavam: charlatão.

Então a lua se ergueu como um maravilhoso escudo prateado, as estrelas começaram a brilhar e um som de música veio do palácio.

O Príncipe e a Princesa estavam liderando a dança. Dançaram tão lindamente que os altos lírios brancos espiaram pela janela e os observaram, e as grandes papoulas vermelhas balançavam suas cabeças e marcaram o compasso.

Então soaram dez horas, depois onze, depois doze, e na última badalada da meia-noite todos saíram para o terraço, e o rei mandou chamar o Pirotécnico Real.

— Que comecem os fogos de artifício — disse o Rei.

O Pirotécnico Real fez uma reverência e caminhou até o

fim do jardim. Ele tinha seis atendentes com ele, cada um dos quais carregava uma tocha acesa na ponta de uma longa vara.

Foi realmente uma exibição magnífica.

Lá se foi a Roda Catarina, assobiando e girando no ar enquanto subia.

E então... Bum! Bum! foi a vez da Vela Romana.

Depois foi a vez dos rojões dançarem em todo o lugar, e os Fogos de Bengala fizeram tudo parecer escarlate.

— Adeus — gritou o Balão de Fogo, enquanto voava para longe, soltando pequenas faíscas azuis.

— Bum! Bum! — responderam os Petardos, que se divertiam imensamente. Todos foram um grande sucesso, exceto o Notável Foguete. Ele estava tão úmido de tanto chorar que não pegava fogo. A melhor coisa nele era a pólvora, e ela estava tão molhada de lágrimas que se tornou inútil. Todos os seus parentes pobres, com os quais ele nunca falaria, exceto se fosse para dar um sorriso de desdém, dispararam em direção ao céu como maravilhosas flores douradas com botões de fogo.

— Viva! Viva! — gritava a corte e a princesinha ria com prazer.

— Acho que eles estão me reservando para uma grande ocasião — disse o Foguete — sem dúvida é isso que está acontecendo — e ele parecia mais arrogante do que nunca.

No dia seguinte os operários vieram arrumar tudo.

— Esta é com certeza uma comissão do rei — disse o Foguete — Vou recebê-los com a devida dignidade — então ele ergueu o nariz no ar e começou a franzir a testa severamente como se estivesse pensando em algum assunto muito importante. Mas eles não prestaram atenção nele até quando estavam indo embora. Então um deles o viu e disse:

— Oh! — ele gritou — que foguete imprestável! — e ele o jogou por cima do muro em um fosso.

— Foguete IMPRESTÁVEL? Foguete IMPRESTÁVEL? — ele disse, enquanto girava no ar — Impossível! Foguete NOTÁVEL, foi o que o homem disse. IMPRESTÁVEL e NOTÁVEL soam muito parecidos, na verdade, muitas vezes são os mesmos.

E ele caiu na lama.

— Aqui não é confortável — observou ele — mas sem dúvida é algum balneário elegante e eles me mandaram para cá para que eu cuide da minha saúde. Meus nervos certamente estão muito abalados e preciso descansar.

Então uma pequena Rã, com olhos brilhantes como joias e de pele esverdeada nadou até ele.

— Ora, um recém-chegado! disse a Rã. — Bem, afinal não há nada como a lama. Dê-me tempo chuvoso, um fosso e ficarei muito feliz. Você acha que vai ser uma tarde chuvosa? Espero que sim, mas o céu está bem azul e sem nuvens. Que pena!

— Aham! aham! — disse o Foguete, e começou a tossir.

— Que voz deliciosa você tem! — exclamou a Rã. — Na realidade parece um coaxar e o coaxo é, obviamente, o som mais musical do mundo. Você vai ouvir nosso coral esta noite. Ficamos todas sentadas no velho lago de patos perto da casa do fazendeiro e, assim que a lua nasce, começamos. É tão fascinante que todos ficam acordados para nos ouvir. Na verdade, ainda ontem ouvi a mulher do fazendeiro dizer à mãe que não conseguia dormir à noite por nossa causa. É muito gratificante ser tão popular.

— Aham! aham! — disse o Foguete com raiva. Ficou muito aborrecido por não conseguir falar uma palavra.

— Uma voz deliciosa, com certeza — continuou a Rã —, espero que você venha nos assistir no lago dos patos. Vou procurar minhas filhas. Tenho seis lindas filhas e tenho muito medo de que o Peixe Lúcio possa encontrá-las. Ele é um monstro terrível e não hesitaria em comê-las no café da manhã. Bem, adeus. Gostei demais da nossa conversa, pode acreditar.

— Não foi bem uma conversa! — disse o Foguete. — A senhora falou o tempo todo. Isso não é conversa.

— Alguém precisa ouvir — respondeu a Rã — e eu gosto de ser a única a falar durante a conversa. Economiza tempo e evita discussões.

— Mas eu gosto de discussões — disse o Foguete.

— Não acredito — disse a Rã complacentemente. — Discussões são extremamente vulgares, pois todos na boa sociedade têm exatamente as mesmas opiniões. Adeus pela segunda vez, vou ver minhas filhas que estão bem ali — e a pequena Rã saiu nadando.

— A senhora é uma pessoa muito irritante — disse o Foguete — e muito malcriada. Detesto pessoas que falam de si mesmas, como a senhora, quando alguém quer falar de si mesmo, como eu. É o que chamo de egoísmo, e o egoísmo é a coisa mais detestável, especialmente para alguém com o meu temperamento, pois sou bastante conhecido por meu caráter solidário. Na verdade, a senhora deveria seguir o meu exemplo; não poderia ter um modelo melhor. Agora que tem a oportunidade, é melhor a senhora aproveitar, pois vou voltar para a corte muito em breve. Sou um grande favorito na corte. Na verdade, o Príncipe e a Princesa se casaram ontem em minha homenagem. Claro que a senhora não sabe nada sobre esses assuntos, pois é uma provinciana.

— Não adianta falar com ela — disse uma Libélula, que estava sentada no topo de um grande junco marrom —, é perda de tempo, pois ela já foi embora.

— Bem, a perda é dela, não minha — respondeu o Foguete. — Eu não vou parar de falar com ela só porque ela não presta atenção. Eu gosto de me ouvir falar. É um dos meus maiores prazeres. Muitas vezes tenho longas conversas comigo mesmo e sou tão inteligente que às vezes não entendo uma única palavra do que estou dizendo.

— Então você certamente deveria fazer palestras sobre Filosofia — disse a Libélula abrindo um par de lindas asas de gaze e voando alto para o céu.

— Que tolice da parte dela não ficar aqui! — disse o Foguete. — Tenho certeza de que ela não terá muitas chances de desenvolver sua mente. No entanto, não me importo nem um pouco. A minha genialidade será apreciada algum dia, com certeza — e ele afundou um pouco mais na lama.

Depois de algum tempo, uma grande Pata Branca nadou

até ele. Ela tinha pernas amarelas e pés palmados, e era considerada uma grande beleza por causa de seu gingado.

— Quá, quá, quá — disse ela — O senhor tem uma forma curiosa! Posso perguntar se nasceu assim ou é resultado de um acidente?

— É bastante evidente que a senhora sempre morou no campo — respondeu o Foguete — senão saberia quem eu sou. No entanto, desculpo sua ignorância. Seria injusto esperar que outras pessoas fossem tão notáveis quanto nós mesmos. A senhora sem dúvida ficará surpresa ao saber que posso voar para o céu e descer como uma chuva de ouro.

— Não acho que seja muita coisa — disse a Pata — pois não vejo a utilidade disso para ninguém. Agora, se o senhor pudesse arar os campos como o boi, puxar uma carroça como o cavalo ou cuidar de ovelhas como um cão pastor, isso sim seria alguma coisa.

— Minha boa criatura — gritou o Foguete em um tom de voz muito altivo: — Vejo que a senhora pertence às classes inferiores. Uma pessoa da minha posição nunca é útil. Fazemos nossas proezas, e isso é mais do que suficiente. Não tenho simpatia por nenhum tipo de trabalho, muito menos pelos trabalhos que a senhora recomendou. Na verdade, sempre fui de opinião que o trabalho duro é simplesmente o refúgio de pessoas que não têm nada para fazer.

— Bem, bem — disse a Pata que tinha um temperamento muito pacífico e nunca discutia com ninguém — cada um tem um gosto diferente. Espero, de qualquer forma, que o senhor venha estabelecer sua residência aqui.

— Ah, não! De jeito nenhum — respondeu o Foguete. — Sou apenas um visitante, um visitante distinto. O fato é que acho este lugar um tanto entediante. Aqui não há sociedade nem solidão. Na verdade, é essencialmente suburbano. Provavelmente voltarei à corte, pois sei que estou destinado a causar sensação no mundo.

— Já pensei em entrar para a vida pública uma vez — comentou a Pata — Há tantas coisas que precisam de mudança. De fato, assumi a presidência em uma reunião há algum tempo e aprovamos resoluções condenando tudo o que não gostávamos. No entanto, tais resoluções não tiveram muito efeito. Agora eu me ocupo com os serviços da minha casa e cuido da minha família.

— Nasci para a vida pública — disse o Foguete — e assim são todos os meus parentes, mesmo os mais humildes. Sempre que aparecemos, chamamos a atenção de todos. Na verdade, eu mesmo não apareci desta vez, mas quando o fizer, será uma visão magnífica. Quanto aos afazeres domésticos, envelhecem-nos rapidamente e distraem a mente das coisas mais elevadas.

— Ah! as coisas mais elevadas da vida, como são boas! — disse a Pata — e isso me lembra que estou com muita fome.

E ela saiu nadando seguinte o fluxo da água e dizendo: — Quá, quá, quá.

— Volte! volte! — gritou o Foguete — Tenho muito a dizer a você — mas a Pata não lhe deu atenção. — Estou feliz que ela tenha ido embora — disse para si mesmo — com certeza ela tem uma mentalidade de classe média

— e afundou um pouco mais na lama e começou a pensar na solidão do gênio, quando de repente dois garotinhos usando blusas brancas vieram correndo pela margem, com uma chaleira e alguns gravetos.

— Esta deve ser a delegação, disse o Foguete, e ele tentou parecer muito respeitável.

— Nossa! — disse um dos meninos — olhe aquela vareta apodrecida! Como será que veio parar aqui? — então ele retirou o foguete do fosso.

— Vareta APODRECIDA! — disse o Foguete — impossível! Vareta ESPLANDECIDA, foi isso que ele disse. Vareta esplandecida é um excelente elogio. Na verdade, ele está achando que sou um dos representantes da corte!

— Vamos colocá-lo na fogueira! — disse o outro menino — vai ajudar a ferver a chaleira.

Então eles empilharam os gravetos, colocaram o Foguete em cima e acenderam o fogo.

— Isso é magnífico — gritou o Foguete — eles vão me soltar em plena luz do dia, para que todos possam me ver.

— Vamos dormir agora — os meninos disseram — e quando acordarmos a água da chaleira já estará fervida — e eles se deitaram na grama e fecharam os olhos.

O Foguete estava muito úmido, então demorou muito para queimar. Por fim, porém, o fogo o pegou.

— Agora vou disparar! — ele gritou e ficou bem rígido e reto. — Sei que irei subir bem mais alto que as estrelas, mais alto que a lua, mais alto que o sol. Na verdade, vou subir tão alto que...

Chiiiii! Chiiiii! Chiiiii! e ele subiu direto para o ar.

— Delicioso! — exclamou — Vou continuar assim para sempre. Eu sou mesmo um sucesso!

Mas ninguém o viu.

Então ele começou a sentir uma curiosa sensação de formigamento por todo o corpo.

— Agora vou explodir — gritou — Vou incendiar o mundo inteiro e fazer tanto barulho que ninguém vai falar sobre outra coisa por um ano inteiro.

E ele realmente explodiu. Bum! Bum! Bum! foi a pólvora. Não havia nenhuma dúvida sobre isso. Mas ninguém o ouviu, nem mesmo os dois meninos, pois estavam dormindo profundamente.

Depois só lhe restava a vareta e ela caiu nas costas de uma Gansa que passeava ao lado do fosso.

— Deus do céu! — gritou a Gansa. — Está chovendo varetas — e ela correu para a água.

— Eu sabia que causaria uma grande sensação — ofegou o Foguete, e apagou.

Impressão e Acabamento
Gráfica Oceano